CB057674

PRETOS PRAZERES e outros ais

Odailta Alves

Odailta Alves © 2024

Todos os direitos reservados
à Pallas Editora e Distribuidora Ltda.

EDITORAS
Cristina Fernandes Warth
Mariana Warth

COORDENAÇÃO EDITORIAL E CAPA
Daniel Viana

ASSISTENTE EDITORIAL
Daniella Riet

REVISÃO
Ana Clara Werneck

Este livro segue as novas regras do
Acordo Ortográfico da Língua Portuguesa.

DADOS INTERNACIONAIS DE CATALOGAÇÃO NA PUBLICAÇÃO (CIP)
(CÂMARA BRASILEIRA DO LIVRO, SP, BRASIL)

Alves, Odailta
 Pretos prazeres e outros ais / Odailta Alves. -- Rio de Janeiro : Pallas Editora, 2024.

 ISBN 978-65-5602-146-1

 1. Contos eróticos brasileiros 2. Negros na literatura I. Título..

24-225957   CDD-B869.9303538

Índices para catálogo sistemático:
1. Contos eróticos : Literatura brasileira B869.9303538
Tábata Alves da Silva - Bibliotecária - CRB-8/9253

PALLAS EDITORA E DISTRIBUIDORA LTDA.
Rua Frederico de Albuquerque, 56 — Higienópolis
CEP: 21050-840 — Rio de Janeiro — RJ
Tel.: 21 2270-0186
www.pallaseditora.com.br | pallas@pallaseditora.com.br

A todas as pessoas pretas e LGBTQIAPN+
que constroem novas narrativas a cada respirar...
pelo direito de amar, sentir prazer e transbordar afetos.

Sumário

- 9 APRESENTAÇÃO
- 12 PREFÁCIO: Quando o erotismo é revolucionário
- 16 Pretos prazeres e o nosso protagonismo preto
- 18 A leitora
- 19 Relação aberta
- 21 Suruba
- 22 Frígida
- 23 Bodas de prata
- 26 A norma
- 28 Orgasmos mastigados
- 29 Sinais do desejo
- 30 Transnegros
- 32 O tratamento
- 34 O viúvo
- 38 A vizinha
- 39 A ducha do 401
- 40 Discrição
- 42 Chá revelação
- 43 Camisinha rosa-neon
- 44 A garçonete
- 46 O espelho
- 49 Desperdício
- 50 A técnica

51	Ciranda do prazer
52	Festa de Momo
53	A tentação
55	Lillith
56	As amigas
57	A menopausa
58	Redescoberta
60	Traição
61	A caixinha
62	O presente
63	A boceta de 17 centímetros
64	A escritora e a meta... linguagem
65	O vibrador
66	A *sex shop*
67	Paraíso
68	O dildo
69	Penetrações
70	Loucura de amor
72	As sócias
73	A professora
74	Meias-palavras
75	O pincel
76	O ritual
77	Compromisso
79	Pedagogia do prazer
80	O padre
81	A princesa
83	Percussão
84	Masturbação
85	Pecado

87   O homofóbico
88   Cinzas
89   O chuveiro
90   O aniversário
92   Princesas
93   As frutas
94   A sociedade
96   O pacto
97   Fogueira da paixão
98   Eles... sim
99   Aleijão
100 Ressurreição
101 Cura gay
103 Noite feliz
104 Mordidas
105 Pernas poéticas
106 À espera da tempestade
107 Sabão
108 Olhos do prazer
109 A escola
110 A ducha
112 O packer
113 O homem da relação
115 *Mènage à trois*
117 Aulas de literatura
118 O calmante
119 Saudade
120 Rio de proibições
121 Solidão
122 POSFÁCIO: Encruzilhar o futuro

APRESENTAÇÃO

Acredito que o convite para fazer a apresentação de *Pretos prazeres e outros ais* vem dos efeitos que a poesia de Odailta Alves causa em mim: tremores, calafrios, contrações uterinas, peitos enrijecidos e ouriçados. Sua poesia entra pelo olhar e escorre pelas pernas.

Odailta Alves, que cresceu em Santo Amaro, periferia do Recife, é escritora, educadora, pesquisadora e atriz. Além de trabalhar dando formação sobre a Educação das Relações Étnico-raciais, atua como professora nas redes municipal do Recife e estadual de Pernambuco. Em 2011, defendeu, pela Universidade Federal do Pernambuco (UFPE), a dissertação intitulada *Influência africana no português do Brasil: um mergulho em Ascenso Ferreira*. Em 2023, foi aprovada no doutorado em Letras, também na UFPE, que tem a tese com o título *Heranças linguísticas do nosso sagrado: crenças e atitudes linguísticas sobre os usos de palavras e expressões da língua iorubá na região metropolitana do Recife*.

Até 2015, Odailta Alves publicava seus poemas no Recanto das Letras. A partir de 2016, a escritora publicou o livro *Clamor Negro*, de forma independente, que virou espetáculo teatral em 2017 e foi apresentado em vários estados do Brasil. Em 2018, publicou dois livros: *Escrevivências* (Editora Castanha Mecânica), com narrativas, e o *Cativeiro de versos*, com poemas diversos. Em 2019, publicou *Letras pretas*; em 2020, *Nenhuma palavra de amor* (Editora Segundo Selo); em 2023, *Afrochego – poemas para acalentar meu povo*.

De todas essas publicações, apenas *Escrevivências*, que comemorou os 40 anos da escritora, e *Nenhuma palavra de amor* não foram publicados de forma independente.

A não publicação de escritoras negras denuncia o racismo institucional e pungente do mercado editorial, que, ao agir assim, está negando às leitoras e aos leitores o direito de reescrever e reelaborar suas histórias através da literatura, como povos negros em eterna diáspora, situação que tem seu curso modificado, agora, pela presente publicação de *Pretos prazeres e outros ais* pela Pallas Editora. E, sendo assim, esperemos que, diferente do que aconteceu com Conceição Evaristo, Odailta Alves não precise aguardar os 70 anos de idade para ser reconhecida como uma importante e potente escritora negra.

Desse modo, clamo para que a obra *Pretos prazeres e outros ais*, assim como a língua fria do amanhecer, lamba as suas pernas e arrepie sua alma, porque o prazer e o amor negros são ancestrais.

Josane Silva Souza

PREFÁCIO
Quando o erotismo é revolucionário

Entre sem pedir licença aos seus pudores e aos seus preconceitos. Abra-se. Navegue. Molhe-se de chuva, de choro ou de sumos. Confeccione suas asas, nem que seja de papel crepom. Que tal lilás ou roxo? Também pode ser rosa ou azul. Ou azul e rosa juntinhos, em listras alternadas. Pode ser vermelho, branco, mas pode ser melhor ainda: podem ser bordadas com todas as cores do arco-íris. Mas, que tal um papel preto, lindo, da cor da noite e de todas as mais escondidas fantasias? Pensa aí, incorpora ou não o que eu disse. Ou fique bege, sei lá, você é quem sabe aonde vai dá seu arrepio e se quer voar e pousar para além do corpo.

Eu, como sempre, entrei em aberto. Pronta para que as palavras desenhassem no meu corpo suas intenções. Só leio assim: inteira! Nunca separei alma de corpo e de espírito. Tudo tá junto e misturado. Por isso, acho que viajei de cara neste livrobuceta, neste livrorrola, neste livroprazer, neste livrorgasmo. Neste livro de novas e velhas vozes. De dicções várias, de lugares mil, de falas que precisam vir à superfície, de construções para além dos gênEROS!

Odailta é esta mulher que dá coragem à palavra. Quando li, por três vezes, o *Pretos prazeres e outros ais*, senti-me uma sortuda, que teve o privilégio de ter nas mãos tantas narrativas que celebram, sem qualquer amarra, o prazer.

Sim, o prazer! Este é um livro onde o personagem principal é a realização do prazer. Não a sua busca, tão posta em livros de autoajuda ou em livros pseudofilosóficos. Aqui ele tem nome, rosto, vontade, se faz e se desfaz em muitas maneiras. Não há barreira para o corpo. O orgasmo é a voz principal desta escrita, em especial o orgasmo de mulheres, sejam elas lésbicas, héteros, trans ou algo mais que ainda não foi nominado. Mas tem espaço, em menor monta, para os homens gays, trans ou héteros. Tudo junto e *humanado* como deveria ser a realidade para o bem viver.

A escritora é uma grande recitadora e eu antevejo o sucesso deste livro em sua boca. Na verdade, li muitos textos ouvindo Odailta dizendo-os no meu ouvido. Terna e dura, professora e profeta. Ativista e militante da negritude e do combate ao racismo, à LGBTfobia, às desigualdades sociais. Uma feroz leoa. Irônica! Como ela é capaz de tecer estas deliciosas e terríveis ironias? Ela nos pega pela crina. Sabe aquele preconceitozinho, aquela hipocrisiazinha, aquele costumizinho pequeno burguês, aquele cacoete cristão, aquela postura familiar tão docemente guardada? Ela devasta. Ela nos põe contra a parede. Tá pensando o quê? Tem boquinha não! Ou segue em frente ou joga fora. Ou quem sabe vai se comportar como a vizinha do 401.

São narrativas curtas onde as e os personagens são negros e negras e isso é uma beleza. Como é bom ler isso! Como é bom encontrar esta voz na literatura! É muito axé, muito tambor, muito cheiro de fruta, leite-moça, vinho e chocolate. Os textos perpassam as estações. Afinal, goza-se também no Natal, no São João, na Semana Santa e não só no Carnaval. São textos que, escritos por uma mulher, ganham uma grandeza, uma amplitude e me faz lembrar uma das minhas musas da adolescência, a escritora Cassandra Rios, censurada e perseguida pela ditadura de 1964 por sua escrita erótica, em que lésbicas e gays ganhavam vida e fala nas páginas de suas brochuras.

Sim, para não me furtar à velha discussão e dizerem que sou covarde, tentarei responder a pergunta: esta é uma literatura erótica, pornográfica ou sensual, como alguns críticos caretas gostam de dividir e nominar? Bom, para mim nunca houve esta divisão. Para mim tudo cabe no erótico e tudo cabe na literatura.

Odailta, minha flor, onde você foi encontrar tantos nomes inusitados para os seus personagens? Fiquei bestinha! Nomes nunca antes conhecidos. Mas se quiser dizer que eu não tenho nada a ver com isso aceito de bom grado, pois é verdade. Sim, e eu que não sabia que vibrador era dildo. Logo eu, a poeta da safadeza! Acho que estou precisando me reciclar.

Para terminar, quero dizer o seguinte: esta é uma literatura necessária. Que bom estar viva para ver, ler e ouvir uma escritora negra se espraiar pelas palavras e cravar seu nome na construção histórica do seu tempo. Que bom sentir e saber que não estou sozinha quando digo que o erotismo é revolucionário e é uma grande bandeira política a ser hasteada pelas mulheres. Que bom saber de mim, por outra de mim e não por vozes distorcidas que não sabem como eu gozo e que teimam em hegemonizar os nossos corpos a partir dos seus olhares patriarcais.

Para Odailta, com o amor de Cida Pedrosa
Recife, agosto de 2024

Pretos prazeres
e o nosso protagonismo preto

Sexo é vida. Ouvimos isso muitas vezes, mas qual sexo é tido como vida e qual é tido como morte?

Quem é livre pra vivenciar o sexo e quem é, apenas, cativo dele?

São inúmeras as perguntas e inquietações que atiçam a sociedade, as pessoas, minha alma...

Odailta, com seus *Pretos prazeres e outros ais*, nos apresenta um universo diferente, desinibido, autossuficiente. Descortina o sexo como descoberta, como reencontro, como junção e inovação.

Cada texto inquieta, cutuca, invade... Cada frase indica, explica, implica...

Cada palavra preenche lacunas e abre portais.

O corpo negro vive sendo hipersexualizado, animalizado, dissociado da pessoa, do ser.

E é maravilhoso ter em mãos uma material que tem a nossa cara, com nosso protagonismo, com personagens que vivenciam todas as facetas da libido, dos fluidos, do proibido, do aceitável, do imaginável e do impossível.

É isso que Odailta nos traz com sua obra.

Doses viciantes da mais pura liberdade em todos os instantes.

Joaninha Dias
agosto de 2024

A leitora

Ela soube do lançamento do livro pelo jornal: *Contos eróticos*. Essas palavras lhe encheram os olhos e contraíram a pélvis. Comprou pela internet. Duas semanas depois, ao chegar do trabalho, a mãe a recebe: "Chegou um pacote para você. Parece um livro. Voltou a ler as escrituras sagradas?" Deixou a pergunta da mãe solta no ar. Pegou o pacote e correu para o quarto.

Sem se banhar, deitou na cama, lambeu os dedos e iniciou a leitura. A cada conto molhava mais os dedos. A boca salivava intensamente. De repente, a língua do livro começou a lamber seus lábios, mamilos... Os dedos longos das folhas apalpavam suas pernas, e ela se contorceu entre textos e tremores. No sexto conto, o livro começou a penetrá-la. Ela se rendia, exausta, entregue à catarse...

Relação aberta

Tinham acabado de fazer amor. O gozo de Kito sobre a vagina de Anaya ainda estava quente, os sexos pulsavam e os corpos tremiam denunciando a volúpia recente. Ela pegou o controle e deitou no seu ombro. Ligou a televisão para ninar a embriaguez do prazer.

No programa de fim de noite, uma psicóloga falava sobre relacionamento aberto, apresentando a qualidade de vida que as relações não monogâmicas proporcionavam a muitos casais, não apenas no sentido sexual, mas também na cumplicidade e na confiança.

No primeiro minuto da entrevista, o marido pediu para mudar de canal. Anaya recusou, pois estava achando interessante a reportagem. Nesse instante, ele se sentou na cama e, com uma irritação fora do comum, gritou que aquilo era uma pouca-vergonha, uma putaria, e que ela, uma mulher casada, não deveria dar ouvidos a esse tipo de coisa. Ou será que ele não a estava satisfazendo? Ou será que ela estava interessada em outros homens?

A esposa não entendeu tamanha reação. Tentou explicar que não era nada disso, que apenas queria ouvir uma especialista falando sobre o assunto, mas nada chegava aos ouvidos do marido, que vestiu a roupa, pegou a carteira e a chave do carro, e saiu.

Foi dormir na casa da amante.

Suruba

Zaki conquistava paixões e transas recitando poemas. No primeiro dia em que tomou coragem para declamar no Sarau do Preto Velho, em Olinda, percebeu o olhar de admiração que despertou em três lábios convidativos do evento. Ao término, abraços, elogios, troca de telefones, encontros e sexo poético. Transava com várias estrofes, mas só gozava da mesma forma: enquanto o fã chupava seu pau, ele declamava, e o corpo dele inteiro era poesia: "Vem... se você me dá a lua, neguinho/Eu divido um pedaço com você/E vamos fazer uma suruba/Você, eu e a lua/Lá no canto da cerca..." Esse poema de Inaldete Pinheiro era o seu predileto... E, nessa suruba, o gozo era intenso entre Ele, o Outro e a Poesia.

Frígida

Compreender que não era frígida, como o marido empenhava-se em convencê-la, foi difícil. "Mulher fria! Não vai conseguir nenhum outro homem que te queira!"

Não queria mais nenhum outro homem. Não queria sequer aquele homem que nunca mereceu sua dedicação. Sentia-se um depósito de gozos e xingamentos.

Era dia do seu aniversário de 38 anos, e a manhã acordou fria, bocejando uma neblina encantadora que invadia o quarto pela fresta da janela. De repente, sentiu-se cúmplice da manhã, parceiras na frieza e no silêncio. Saiu lentamente da cama, vestiu a camisola, esquecendo a calcinha sobre os pés do marido, e seguiu para o quintal. A língua fria do amanhecer lambeu suas pernas e lhe arrepiou a alma. Estendeu-se no chão e permitiu-se ser possuída. A neblina deitou sobre ela. Seios excitados, clitóris duro. Os dedos negros lambuzavam-se com algo que não julgava ter. Não era frígida!

Bodas de prata

Zuri resolveu fazer uma surpresa: chegar de viagem um dia antes do previsto, com rosas e o jantar preferido da esposa, uma barca com acarajés à moda pernambucana, com o camarãozinho grudado em cima e o gosto de feijão bem acentuado. Dirigiu quase seis horas sem intervalo para chegar a Tabira antes do anoitecer. Estava transbordando de saudade; tinham sido 30 dias de viagem, o maior tempo distante de Diane, nos 25 anos de casados, completados exatamente naquele dia.

Entrou silenciosamente para surpreender a amada, tirou os sapatos, deixou a comida na mesa e seguiu o rastro do cheiro do perfume que levava ao quarto. À porta entreaberta, pode ouvir os gemidos inconfundíveis:

— Ai, gostoso, que delícia, vem, me fode, vem logo... Ai... Ai... Aaahhh!

As pernas do marido tremiam; agachou-se. O coração tomou ar de tambores; as batidas eram tão altas que ele sentiu receio de que a esposa ouvisse.

Não tinha coragem de entrar. Não conseguia sequer sentir ódio naquele momento. O que fazer?

Juntou seus cacos e decidiu sair, voltar no dia seguinte, como o combinado. Teria 24 horas para pensar e agir sem o calor da emoção. Ao levantar, os tremores das pernas o fizeram tropeçar, e ele caiu com o rosto nas rosas.

— Quem está aí? Quem está aí? Diga: quem está aí? Estou ligando pra a polícia!

— Sou eu... — sussurrou a voz tímida do marido.

Diane correu com o roupão aberto, mostrando a nudez do seu corpo que destacava um bronze de fita recente e um sorriso no rosto que o deixou desconcertado:

— Meu amor, que surpresa linda! Você disse que viria só amanhã!

O rosto da esposa não trazia nenhuma expressão de medo, desconfiança. O marido buscava entender.

— Você chegou na hora certa. Eu já estava quase lá. Agora, venha trabalhar comigo.

Pegou-o pela mão e o levou ao quarto. Na cama, a calcinha, o porta-retrato com a foto dos dois e uma prótese peniana, o brinquedinho do casal.

A força que perdera do corpo há alguns segundos se repunha como se por milagre. Abraçou e beijou a esposa ainda tomado de soluços, misturou as lágrimas com o gozo da mulher, que jorrou facilmente sobre seu rosto. Depois a penetrou duplamente: enquanto o pênis sentia as contrações da vagina, ela se deliciava com o lento vaivém do brinquedinho em sua bunda. Ambos vivenciaram o gozo único, renovando os votos das bodas de prata.

A norma

Ivone estava terminando o mestrado em Linguística quando conheceu Widelene no Clube do Samba, do Morro da Conceição. Encantou-se pelo jeitinho da preta sambar. Ela, também sendo preta e neta de sambista, carregava a frustração de nunca entrar no ritmo da dança. O calor da tarde do domingo pedia cerveja gelada, e elas beberam. O clima, o calor, os beijos, o carro fumê e os corpos se agarraram no ritmo do pandeiro. Não completaram o show. A professora precisava chegar cedo em casa para madrugar e concluir o último capítulo da dissertação.

Uma semana depois, marcaram um jantar. Widelene estava ainda mais bonita que no primeiro dia. Porém, a beleza se comprometera quando a jovem começou a falar e mostrar a falta de escolaridade. Era inteligente, articulada, mas parecia brigada com as concordâncias verbal e nominal. Ivone começou a corrigi-la, e nitidamente, perdeu o interesse. A outra percebeu a discriminação e a mandou pro inferno gozar com a gramática. Ela sorriu ao se imaginar transando com a gramática. Apressou os passos para alcançar a jovem ofendida, desculpou-se, reconhendo seu preconceito estúpido e babaca. Ofereceu uma carona, e seguiram para gozar entre gritos e gemidos que não cabiam na norma-padrão.

Orgasmos mastigados

Ela só gozava comendo. Demorou a compreender que o prazer que não sentia em ser penetrada era normal. Trocava de namorado como se troca de roupa. Uma busca incessante pelos orgasmos que ouvia as amigas falarem. Até que conheceu Pedro, e, no bailar dos suores da cama de motel, ele disse "Me come, nega!". Àquele pedido, Jamila ficou avidamente desconcertada.

Comeu!

Sentiu pela primeira vez os tremores racharem seus sentidos, enquanto os dedos da mão direita penetravam a bunda do rapaz e a mão esquerda banhava-se do prazer que lhe escorria entre as pernas. Finalmente, seu corpo mastigava o orgasmo.

Sinais do desejo

Os olhares se encontraram na Quinta Nagô, do Pátio de São Pedro. Uma noite sem lua, mas cheia de desejos. O som dos tambores preenchia todo o espaço. Margareth se aproximou de Flora e o olhar convidou para a dança: "Ó linda rosa tão cheirosa, tão carinhosa, com meu coração..." Elas, de saia rodada, dançavam numa sintonia que atraiu plateia.

Estavam na segunda garrafa de Axè quando os lábios pediram um beijo. O som deu uma pausa, como se os tambores estivessem silenciando para abençoar esse encontro. Ao perguntar o nome daquela mulher que a hipnotizara, Margareth recebeu uma resposta em libras. Um amigo de Flora se aproximou para mediar o diálogo. Bastaram os nomes. O resto já estava traduzido: os beijos, as lambidas no pescoço, as carícias com as mãos por baixo da blusa, por dentro do short, trocadas no oitão da igreja. Não precisavam de intérpretes... Conheciam bem os sinais do desejo.

Transnegros

Conheceram-se e reconheceram-se no festival de cinema. Olhares trocados, corpos lidos e desejados. Dora, vestida de coragem, iniciou o diálogo: "Você gosta de filme de arte ou só quer parecer *cult*?" O olhar debochado de Tony queimou a pergunta da garota e incendiou os seus desejos.

Depois de uma semana de conversas e promessas pelo WhatsApp, encontraram-se na Terça Negra. Ele ficou encantado ao vê-la dançar ao som do Oxum Pandá; os movimentos dos braços simulando o espelho imprimiam uma sensualidade que mexeu com sua imaginação.

Encerrada a noite, foi deixá-la em casa. Ao despedir-se com um beijo comportado, veio a pergunta esperada:

— Quer entrar?

Serviu uma cerveja enquanto foi banhar-se. Saiu do banheiro na toalha, o corpo ainda molhado. Tony, na janela, contemplava o jardim, sentiu o cheiro do hidratante de rosas, virou e a tolha já estava no chão.

Seus corpos transnegros escreveram roteiros de desejos, prazeres, gozos, orgasmos que se transpuseram à limitação "*cis*têmica-pálida".

O tratamento

Logo quando iniciou a quimioterapia, o casamento de três anos entrou em estágio terminal. O marido começou a chegar cada dia mais tarde do trabalho... Mais tarde, mais tarde... Até não chegar mais. Nesse momento, os verdadeiros amigos aguaram a alma tão fragilizada de Abayomi, principalmente Milton, parceiro nas aventuras de infância. Fez-se presente em todos os momentos do tratamento físico e psicológico, dormindo no sofá longas noites para socorrê-la nas reações aos medicamentos. Quando o ex-marido soube, reapareceu para acusá-la de colocar homem dentro da casa que ele construíra, mas a energia era pouca para gastar com o passado. Ela ignorou e seguiu se tratando.

Depois de sete meses, o grande dia: o exame indicava que ela estava curada. O abraço, com os corpos transbordando de alegria, foi mais longo e diferente. Ela não entendia o que tinha de diferente nesse momento, sentiu o corpo se arrepiar, percebeu os músculos do amigo que não sentira nem quando ele a carregava nos braços durante as fortes crises da doença.

O colo dado no momento de dor era "acolher-dor", e acolhia. Mas agora o corpo estava acolhendo a alegria, e era tanta que a fazia pulsar, vibrar, enxergar, sentir. Abayomi percebeu também no rosto vermelho de Milton que ele sentia o mesmo.

Ao sair do hospital, o primeiro compromisso foi ofertar pipocas e velas brancas na mata, agradecendo pela cura. Em seguida foram para casa, ela se sentia viva. Ela se sentia amada e merecedora desse sentimento que o marido enxergara antes mesmo de existir.

Abriram um champanhe e festejaram a vida, festejaram o amor que brota, que trata, que cura em todas as horas... Entre risos, taças, brindaram o primeiro beijo, a bebida escorria nos lábios, descendo entre os seios de Abayomi... Milton lambia com sede de décadas... Ela se deitou sobre o tapete. Ele lentamente tirou sua saia... Beijou as pernas... Desceu a calcinha sem parar de beijar. De joelhos, beijou todo seu corpo, devoto... Como quem faz a primeira de muitas orações.

O viúvo

Desde que a esposa morrera, Malik criava sozinho os três filhos. Certo dia, ao entrar na padaria, percebeu que era o foco de uma discussão:

— Acho graça. Se fosse uma mulher sozinha criando os filhos, ninguém diria que ela tem que arrumar um marido. Já o homem vira herói porque faz sua obrigação de pai e ainda querem que arrume uma mulher para fazer as obrigações dele. Me poupem!

Shaira estava de costas, e, por mais que os olhares a convidassem a silenciar, ela concluiu a frase. Malik, parado logo atrás da palestrante, apaixonou-se por cada palavra e pelo cheiro de morango que exalava de sua carapinha. Depois de dois anos, o viúvo sentiu o coração novamente disparar. Ao término da frase, aplaudiu de forma leve e balbuciou um "Concordo plenamente". Os olhares se cruzaram, e Shaira também tremeu com essa frase rouca, pronunciada delicadamente próxima a ela.

— Bom dia. Pelo jeito eu sou o assunto da fila do pão.

— Bom dia, sou Shaira, a nova vizinha, e estava apenas deixando minha opinião sobre uma situação aqui exposta, não sobre o senhor.

Os olhares continuavam fixos, e ambos despiam as palavras proferidas como se quisessem comê-las no café da manhã.

Seu Geremias quebrou a sintonia, tentando explicar o inconveniente:

— Estávamos combinando de ir à missa de dois anos do falecimento de sua senhora, meu amigo, e eu falei sobre o quanto você era corajoso por cuidar sozinho dos filhos. Todo mundo acha que precisa se casar para que alguém cuide de você também.

— Obrigada, companheiro, mas estou bem assim. E, se um dia, me casar, não será para ser cuidado, mas para ser amado.

Essas palavras soaram como gemidos sussurrados aos ouvidos de Shaira. Que loucura! Nem conhecia o homem e já se sentiu penetrada de uma forma singular: pelas palavras.

Não era religiosa, mas à noite foi à missa. Sentou-se no último banco, de onde pôde observar a beleza madura de Malik, ombros largos, pele mais preta que a dela, barba bem-feita. Em determinado momento, conseguiu fechar os olhos e sentir o roçar em seu pescoço, seios. Foi interrompida com "Hosana nas alturas", e ela estava quase lá. Queria esse homem para as noites de folga, sem compromisso, queria amar com a liberdade que os olhos grandes dele prometiam. Fez questão de ser a última a cumprimentar o viúvo, acompanhado dos filhos adolescentes:

— Nem sei o que se diz numa missa de dois anos de falecimento, mas vim porque desejei... Desejei vir.

A palavra "desejei" repetida e pronunciada com pausa causou tremores em Malik:

— Esses são meus filhos. Vou deixá-los no aniversário de um amigo agora. Despediram-se com dois beijinhos e um cartão discretamente entregue em mãos: "Shaira Cardoso — Serviços contábeis — Contato (81) 9..."

Assim que os filhos desceram do carro, ligou para a nova vizinha.

— Oi, podemos nos encontrar?

— Mandando a localização...

Colocou um vinho para gelar, tomou banho e, deitada no sofá, esperava viajando na voz de Gabi da Pele Preta: "Virá pelas mãos, pela pulsação da pélvis, pelo movimentos das asas... Virá pelas palavras sussurradas e gritadas..." Em poucos minutos, João estava em frente à casa de Shaira. Sentia-se assustado com o desejo despertado nesse corpo que dormia havia dois anos. Nem coragem de se masturbar ele sentia. E, agora, a chama se apresentava incontrolável. Respirou e tocou a campainha. Ela estava de taça na mão e camisola preta. Malik virou a taça e bebeu Shaira com toda sua sede. Também foi bebido. As palavras perdidas nos gemidos eram lambidas, penetradas, sussurradas e gritadas.

Até o telefone dele tocar:

— Acabou a festa, papai!

A vizinha

Com um sorriso proibido desenhado no rosto, Amanda esbarrou na vizinha. Sentiu, pela primeira vez, sua alma penetrada. O marido já alertara que a nova moradora da rua era uma "preta-sapatão-macumbeira". Ao que ela respondeu com uma expressão de curiosidade maquiada por um "cruz-credo!".

Dani estava de bermuda, ojá dourado cobrindo os curtos cabelos, tênis, sem sutiã, dedos longos e olhar de pênis. Daquele que não ejacula nas tuas incertezas, mas que penetra teus silêncios e só goza quando te vê gozando. Os olhares se beijaram ao pedido de desculpas. O toque das mãos da vizinha sobre seus braços estremeceu o ventre. Não sabia se por desejo ou curiosidade, mas aquela mulher de tênis amarelo a invadiu. Logo ela que nem tênis tinha. Em casa, correu para o banheiro, certa de que tinha menstruado, mas sobre a calcinha restara apenas uma umidade transparente que brotara das lambidas do olhar daquela mulher.

A ducha do 401

Maria gozava na boca da vida e não creditava os holofotes reprovadores que a sociedade lhe jogava. No auge dos seus 40 anos, comprou seu apartamento 402, deixou de alisar os cabelos, trocou o marido por uma namorada 18 anos mais jovem e desvendou o labirinto do prazer. Descobrira que os gemidos altos de Layla eram lubrificantes naturais para ela, que sempre se sentiu seca. E gozava ao som dos "ais" enlouquecidos da amada e dos gritos da vizinha que sempre ameaçava chamar a polícia para "acabar com essa pouca-vergonha". Exaustas, deitadas na cama, as amantes adormeciam ao som do forte jato da ducha da suíte do 401.

Discrição

Maria gostava de discrição. Era reservada. Na escola em que trabalhava, sempre apresentava as namoradas como "minha amiga". E repetia para si mesma: "Minha vida pessoal não é da conta de ninguém" — como se precisasse se convencer de uma mentira. Estava solteira havia 11 meses. Na festinha intimista dos seus 48 anos, em seu apartamento, conheceu Analba, de turbante e vestido brancos, como pediam as sexta-feiras; era a irmã caçula de uma amiga. Já conhecia sua fama de sapatão assumida que escandalizava a família. Veio de penetra e, como uma tempestade que desaba sem permissão e transborda as reservas, assim ela se fez. O seu olhar desabotoava a blusa da aniversariante. Maria não correspondeu; afinal, não queria relacionamento agora, muito menos com uma jovem de 24 anos.

Porém, o uísque descia derretendo suas certezas e o olhar insistente da moça. Num determinado momento da noite, quebrou o gelo: "Posso dançar com a aniversariante?" Antes de responder, já viu sua mão abraçada e sendo erguida. A voz de Djavan desenhava um clima romântico... "Um dia frio..." exigiu que os corpos se aquecessem: Analba enlaçou Maria pela cintura, que se sentiu atraentemente desconcertada. Os seios da jovem junto aos seus, sua mão firme a conduzir a dança, seu hálito quente. Não conseguia entender, mas sabia que estava molhada de tesão.

Em meio às conversas, os convidados fingiram não perceber as duas subindo as escadas. A jovem desabotoou a blusa e mergulhou em seus seios: chupava os mamilos com tanta força que os gemidos competiram com o som da festa. Sem conseguir reagir, a dona da festa sentiu a mão da jovem mergulhada em sua calcinha, suspendeu a perna e entregou-se ali, de pé, celebrando a nova idade. Celebrando a novidade de namorar uma mulher mais nova e quebrar suas certezas, sua discrição, andar de mãos dadas, apresentar aos colegas de trabalho e à família a namorada que não cabia no armário empoeirado da lesbofobia.

Chá revelação

Yalodê teve uma gravidez complicada: com a diabetes gestacional, precisou ter todo o cuidado para não perder o bebê. Sentia medo de transar. Sentia medo de o marido arrumar alguém fora do casamento. Guardava seus medos como um segredo obsceno. No quarto mês, começou a se sentir melhor, mas se achava desinteressante; o corpo em transformação, o olhar paterno se sobrepondo ao do marido. E sua mente era um turbilhão de emoções. Aos cinco meses de gravidez, decidiu fazer o chá revelação dos medos, precisava falar.

Wilson acolheu suas palavras com o olhar de labirinto. Nas correrias para fazer hora extra, não se deu conta de que o carinho dispensado à esposa era um beijo na testa e outro na barriga. Ela precisava de mais. Ele precisava de mais e também tinha medos. Abraçaram-se. Nesse momento, eram apenas os dois. O útero adormeceu para que os corpos se reencontrassem... e se reencontraram. O beijo quente ferveu todo o desejo silenciado. Ao ser chupada, Yalodê só pensava em si e no seu direito de gozar, gozar sempre.

Camisinha rosa-neon

O carro para.

— Preta, você é homem ou mulher?

— O que você está vendo?

— Uma mulher!

— Então, pronto!

— Mas você tem rola ou boceta?

— Pague e vamos descobrir juntos.

E, no motel da esquina, Shafira, de salto 15, penetrava Otávio. Que gozava de quatro na camisinha rosa-neon.

A garçonete

Estavam comemorando três anos de matrimônio. Um casal pacato, mornamente feliz. Naquele dia, o decote negro sob o vestido vermelho de Jaciara estava especialmente sedutor. Além do esposo, a garçonete também percebeu. Trocaram olhares os três, e a tentação foi plantada.

— A garçonete mergulhou nos teus seios — lançou Bruno.

— Deixe disso, nós somos casados — retrucou a esposa.

— Acho que ela está te paquerando...

— Já mandei você parar!

— E se eu também quisesse?

Foram os últimos a pagar a conta.

— Aceita uma carona? — perguntou o rapaz.

— Só se ela for no banco de trás comigo — respondeu a garçonete, com o olhar embriagado de desejo.

Sem mirar o marido, Jaciara sentou-se ao lado de Andreza. Assim que o carro saiu, a moça colocou a mão nas pernas da esposa do motorista, inclinou-se e começou a beijá-la. Para surpresa de Bruno, que observava tudo pelo retrovisor, a mulher correspondeu às carícias e já segurava os seios da garçonete com as mãos.

O motel mais próximo ficava a trinta minutos. O marido abrira o zíper da calça para aliviar a tensão do pênis ereto.

Quando as luzes do motel acenaram, Jaciara já estava deitada no banco, sem calcinha, gozando pela segunda vez, a língua experiente da garçonete acertando o ponto exato do prazer.

Ao parar no sinal vermelho, a garçonete desceu do carro e entrou num táxi. Olhou para Bruno com ares de risos, limpando o rosto. O casal ficou sem reação. O marido na mão. E a esposa exausta do presente que recebera.

O espelho

A casa dela era cheia de espelhos. Mirando-se, Darline jurava que não se casaria mais. O primeiro casamento perdera o aroma depois dos seis anos. Fez as malas, beijou a poodle e partiu. Curtiu quatro meses solteira, e lá estava ela juntando as escovas de dentes mais uma vez; com cinco anos e nove meses, o mau hálito do tédio exalava seu odor na relação.

Aos 52 anos, decidiu que não entraria no sétimo casamento. Estava cansada de sofrer o luto dos términos... apesar de amar a labareda do início das relações. Quando pensava no fogo da paixão, lavava o rosto, olhava-se no espelho e repetia para si: "Não, não e não! Tenha vergonha, mulher, aprenda a viver com maturidade a solitude."

Passou a evitar os bares e as boates, disposta a fugir das tentações. Mas, às vezes, a tentação bate à porta. E essa bateu com ares de santidade. Quando o interfone tocou, Darline estava no início de uma crise de ansiedade, com o choro dando um nó na garganta. A voz rouca e adocicada do outro lado da linha a tirou daquele estado de desespero:

— Boa tarde! É a palavra do Senhor. A senhora aceita?

Geralmente, diria um não, sem constrangimentos, mas aquela voz doce sussurrando "A senhora aceita?" poderia ser sua salvação. Nunca fora religiosa, mas quem sabe se salvaria?

Vitória era o tipo de mulher em quem Darline pousava o olhar, o corpo e o coração: cabelos cacheados amarrados em coque, pele preta aveludada, curvas sensuais numa calça jeans branca tamanho 52 e blusa estampada, de mangas compridas, com um discreto decote. Rosto de mulher sensualmente séria.

— Sua fisionomia não me é estranha — falou, ainda enxugando as lágrimas, e colocando a mão no queixo como quem busca a memória.

Os olhos da mulher se arregalaram, como quem encontra uma lembrança proibida:

— Darline? É você? Tás me reconhecendo não, mulher? Sou eu, Vitória de Neidinha!

Só poderia ser um recado das deusas: trazer de volta o primeiro beijo logo nesse momento tão angustiante. Ambas tinham 15 anos, beijo escondido no banheiro da escola. Naquela época, Vitória bem que queria mais, porém Darline tinha medo. Agora, 37 anos depois, as coisas tinham se invertido, o olhar da dona da casa brilhava tão intenso quanto as batidas do coração.

A evangélica pensou em fugir, mas o brilho nos olhos de Darline a prendia. Anos acorrentando os desejos, sem conseguir se relacionar com homens, mas também sem sucumbir aos encantos femininos, voltando-se para a religião e matando toda faísca de interesse que ousasse brotar. Agora, caiu exatamente no vulcão dos desejos.

Os olhares se abraçaram, sem mais palavras, se beijaram e reencontram as adolescentes na maturidade. Vitória arrancou as próprias roupas como quem deseja mudar de vida e correr contra o tempo. Colocou uma das mãos de Darline em seu seio; a outra deslizou para a calcinha, que já denunciava a umidade. Lembrando-se da solitude e olhando-se no espelho, chupou os dedos. As lavas adormecidas havia décadas escorriam entre as pernas de Vitória, e Darline bebia, lambendo os lábios para não perder nada daquela erupção.

Uma semana depois, uma escova laranja juntava-se à sua azul... E as juras da solitude viravam cinzas.

Desperdício

— Um desperdício! — Era a frase que Marini sempre ouvia quando recusava um galanteio, afirmando-se lésbica.

— Minha namorada não acha! — respondia, com o olhar tempestivo.

E de fato, no fim de semana, sentindo o corpo quente de Darana sobre o seu, suores, gozos, gemidos, dedos, línguas, tudo era puro desejo. Rios sobre rochas pretas. Nenhuma gota de prazer era desperdiçada!

A técnica

Gritava aos quatro cantos que adorava rola! Fazia cara de nojo quando, uma vez por semana, a técnica de informática, assumidamente lésbica, aparecia na gerência entre *dreads* e simpatias. Sempre colocava empecilhos para retardar a revisão em seu computador. Era a última a ser atendida, depois de um longo chá de cadeira: "Por mim, essa sapatão fica esperando a tarde toda, não estou nem aí". E, com a repartição mais uma vez vazia, Renata, sem calcinha, sentada sobre o teclado, recebia mais uma revisão técnica em seus desejos.

Ciranda do prazer

Lua cheia e o desejo crescente. Suados de tanto dançar ciranda, Odan e Aya se jogaram no mar. A voz de Lia de Itamaracá embriagava os corpos que se movimentavam ao balanço das ondas. O laço do biquíni desfeito foi um convite silencioso. Pernas encaixadas à cintura, ela o comia sob o cobertor da lua, o vento cúmplice só trazia a ciranda, não levava os gemidos. E o gozo era apenas águas salgadas a bailar na escuridão.

Festa de Momo

Era a primeira festa de Momo que Joás passava no Recife. No Galo da Madrugada, encontrou Kito, Deus de Ébano, frevando em frente ao carro abre-alas. Trocaram olhares, beijos, chupadas, risos, copos, corpos, penetrações, ações, reações. Inventaram blocos, troças, maracatus sobre os lençóis. E na cama, as brasas, entre cinzas molhadas da quarta-feira, recusavam-se a apagar.

A tentação

Da última vez ele pediu perdão. Disse que era coisa do diabo. Que ela precisaria ajudá-lo a se curar, em nome de Deus e da família. Conceição voltou de alma e vaidade sangrando. Deu mais uma chance ao marido. Amava-o. Não se conformava com a ideia de que aquela beleza negra, de 1,90 metro, não fosse "homem".

"Ele era homem e amava outro homem", explicava-lhe o amigo confidente da repartição. Em 15 anos de casada, já flagrara o marido três vezes com o mesmo homem. O que existia entre eles era anterior a ela. Mas antes de qualquer coisa tinha a família, a sociedade, o preconceito.

Vez ou outra eles transavam, o suficiente para ter três filhos. Sentia o carinho do marido, mas nunca conhecera o desejo, a paixão. O sexo era no escuro, com ela de quatro a ser cavalgada. Sabia que só gozaria depois, quando se masturbasse no banho pensando nele.

Perdoava, mas sentia que o fantasma do outro sempre existiria.

E, quando o remorso cochilava, lá ia Martin esquentar a cama com Diego, sua tentação de adolescência que penetrava profundamente seu coração, deixando-lhe de quatro no leito sagrado e de joelhos sempre depois de um adeus.

Lillith

Fayola gostava de acampar. Mochila nas costas, turbante no *black*, viajava só. Ao chegar no *camping* Odoyá, encantou-se pela natureza perfeita de Lázaro. De barba e olhar tímidos, voz rouca, daquela que convida ao prazer. Foi tesão à primeira vista.

Colocou Dionne Warwick para tocar no celular e convidou o rapaz para dançar. O roçar da barba em seu pescoço molhava até as desilusões da jovem. O convite ecoou docemente, com aroma de vinho: "Dorme comigo!?" Nesse instante, pareceu que até os olhos de Lázaro estavam vermelhos. Seguiram para a barraca e, antes de sentar, sentiu o corpo nu da jovem a agarrá-lo. Sem jeito, hesitando em tirar a roupa, sussurrou "sou um homem trans". Fayola, que acabara de ler *Lilith*, respondeu desaguando: "Bocetas também são objetos de encaixe."

As amigas

Estavam completando vinte anos de relacionamento. Quando Mayana chegou em casa, encontrou um lindo jantar, rosas e dois braceletes em ouro, com o nome das duas gravado na parte interna, será nossa aliança, não tiraremos no braço. Depois da segunda taça de champanhe, se beijaram, Mayana despiu a companheira, deitou-a no sofá e se amaram com o desejo de duas décadas.

Eram discretas. Mantinham um quarto montado só para as aparências. E as famílias fingiam que não percebiam e tratavam sempre como "a amiga da minha tia", "a amiga da minha irmã", "a amiga da minha filha". Ambas professoras, Matemática e a Língua Portuguesa, o casamento perfeito. O Cálculo nunca se incomodou com o que as pessoas falavam, mas a Letra silenciava-se em sofrimento com a crueldade alheia. Agora, aos quarenta e cinco anos de idade, os números iriam aumentar, não mais seriam duas, mas três. Inscreveram-se no cadastro de adoções. Chegou Luana. Escancarando o céu e gritando aos quatro cantos, cheia de orgulho: EU TENHO DUAS MÃES!

A menopausa

A menopausa chegou trazendo uma secura violenta ao corpo de Marta. Sentia-se constantemente numa fogueira, com calores insuportáveis, pele ressecada e sem lubrificação. Kieza, 15 anos mais nova, trazia um desejo ardente pela companheira, mas não sabia o que fazer para convencê-la a ir à ginecologista, iniciar a reposição hormonal. Tocar no assunto era motivo de briga. Desistiu. Ou melhor, mudou de tática. Começou a se masturbar toda vez que sentia desejo, e o fazia na frente da mulher. Na primeira vez, Marta perguntou: "O que é isso?" Chamou-a de insensível... e ela continuou se masturbando. No segundo dia, sentiu o seu corpo reagindo; o desejo existia, só não tinha a lubrificação. No terceiro dia, foi à ginecologista e iniciou o tratamento. As festas da masturbação ganharam uma participante a mais, que primeiro apreciava a esposa e, em seguida, entrava no baile.

Redescoberta

Paulo estava certo de que o mais saudável seria a separação. Cada um seguir seu caminho. Não tinham filhos, nem patrimônios. O amor diminuíra à medida que o aluguel aumentava, e, além de contas, só acumulavam mágoas. Seria o último café da manhã juntos; a esposa ainda não sabia, mas aproveitaria o sábado para fazer as malas.

Na padaria, a beleza dos 35 anos de Bianca encantou o jovem desconhecido de sobrancelha bem-feita:

— Bom dia, sou o Kendi, novo morador da rua. Posso me sentar à sua mesa?

Ao chegar com o prato cheio de cuscuz, Paulo assustou-se, não com a cena de um jovem bonito discretamente olhando o decote de sua quase ex-esposa, mas com o turbilhão de coisas que essa cena causou dentro dele. Enxergou os seios da mulher que não tocava havia mais de um ano, viu as curvas, as pernas que o vizinho secara quando Bianca se levantou para repor mais um pouco de café.

O distanciamento do casal e a ausência das alianças, esquecidas no baú dos desafetos, alimentaram as investidas de Kendi, que se despediu entregando um cartão com a desculpa de oferecer os serviços de advocacia.

Paulo passou o dia inquieto. Lembrando-se do jovem negro elegante. Revisitando os momentos quentes no início da relação, as vezes que a mulher gozou em sua boca, a primeira vez que penetrou a bunda de Bianca na viagem de dois anos de casados, o susto que tomou quando sentiu Bianca chupá-lo e desvirginar seu ânus.

Chegou em casa com flores, licor e uma caixa de trufas de morango, cujos recheios lambeu sobre o corpo redescoberto da esposa.

Traição

O sentimento de posse alimentava a vaidade e o descaso de Lívia. Por mais que Niara se esforçasse para resgatar o desejo da companheira, os seis anos de relação estavam tão frios quanto as cervejas que bebiam diariamente para embriagar a frustração.

A falta de energia no trabalho antecipou a chegada de Lívia em casa: duas taças perfumadas de vinho, uma garrafa vazia, um vestido de estampa desconhecida adormecido no chão, a oitava música do CD de Alcione navegando na sala: "... O nosso amor naufragou nas águas desse rio..."

No corredor, ouviam-se gemidos, a voz de Niara a sussurrar: "Mete! Mete! Mete! Mais forte!"

Sentada no chão, atrás da porta, Lívia, em silêncio, sentia a tristeza e a decepção transformarem-se em desejo. Começou a masturbar-se aos gritos de tesão de sua esposa e da nova manicure.

Saiu sem deixar vestígios e, à noite, chegou com uma garrafa de vinho e uma sede incontrolável de beber sua mulher.

A caixinha

Kieza sempre ouvia que não tinha jeito de sapatão. E indagava com tom irônico: "O que é jeito de sapatão?" Sua tia era considerada "masculina" e não era sapatão. Seu chefe era um homem afeminado e era hétero. Ambos sofriam com a homofobia, sem ser homossexuais.

Sempre problematizava esses imaginários que tentavam colocar em caixinhas como cada pessoa deveria ser e agir. Ela mesma tinha sua sexualidade questionada por usar batom vermelho, vestidos colados ao corpo e *scarpins*: "Como pode ser tão feminina e sapatão?" — era uma frase recorrente. Aos homens, ela respondia com a expressão de desprezo e nojo colada ao rosto. A algumas mulheres, tentava verbalizar pedagogicamente. A outras, propunha pesquisa de campo e mostrava na prática o quão sapatão era, chupando, mordendo, lambendo, comendo e engolindo as dúvidas com espartilho vermelho, meia arrastão e salto 15.

O presente

O pacote chegou na hora do almoço: "Entrega para dona Verônica". Uma caixa retangular de 25 centímetros. O cartão de "Feliz aniversário" acentuou os tremores em suas mãos e a fez esquecer o prato de feijoada sobre a mesa. Com o fogo estampado à face, ela desembrulhou um vibrador com velocidades diversas e cor e cheiro de chocolate. Forrou a cama com sua melhor colcha, deitou o presente sobre ela. Um amante à sua espera. Tomou banho, perfumou-se e dormiu, olhando o presente.

Acordou na hora do jantar, o jantar de aniversário a dois, Verônica e aquele que a libertaria da virgindade aos 46 anos. Lambeu, passeou com o vibrador livremente pelo seu corpo, sentindo pela primeira vez uma lubrificação abundante a escorrer entre as pernas. Vagarosamente, penetrou a vagina, experimentando um misto de dor e prazer; poucos minutos de movimentação a fizeram gozar. Trêmula, com um sorriso embriagado nos grandes lábios, agradeceu-se imensamente pelo delicioso presente do Mercado Livre.

A boceta de 17 centímetros

Ela tinha pênis. Nunca se encaixara no padrão de masculinidade que a sociedade insistia em algemá-la. As revistas de mulheres peladas, esquecidas pelo pai nos cômodos da casa, nunca foram folheadas. O futebol não descia goela abaixo. Só aos 16 anos deu um basta àquela tortura semanal que o coroa lhe impunha: assistir ao jogo do Santa Cruz. Sabia do peso que era ser filha única. Não se identificava com aquele corpo, mas gostava do pênis.

Aos 18 anos, foi expulsa de casa após ser flagrada vestida tal qual a mãe e, de fato, era a cara da falecida, o que assustou e enfureceu seu Jerônimo. Morando com amigas, transicionou de vez. Bárbara, filha e mãe. Cada vez mais linda, pele noturna, cabelos vermelhos. As pessoas não entendiam como ela, tão fêmea, tão bela, não fazia a cirurgia de redesignação sexual.

À curiosidade alheia, ela ria, perdida nas inúmeras lembranças do mar de homens que sua boceta de 17 centímetros mergulhava.

A escritora e a meta... linguagem

À medida que ela escrevia, sentia-se seduzida pela personagem. Desejando despi-la bem vagarosamente, descreveu com detalhes a retirada de cada peça. A calcinha não abandonaria o corpo a princípio.

Colocou-a de quatro antes da quinta página e, com os dedos ágeis nas teclas, ela dedilhava o clitóris de sua criação. A história quase não tinha enredo, era só a escritora, a personagem e o desejo. Não sabia ao certo como ela era, apenas que tinha cabelo crespo e gemia baixinho.

Com o avançar da narrativa, ambas foram ficando mais ousadas. Na página 69, a escritora sentia-se chupada e chupando todas as letras desse conto.

O vibrador

Janaína achou um absurdo quando Fernanda externou o seu desejo de comprar um pênis vibrador: "Eu sou sapatão, porra! É melhor pegar logo um macho!" Em vão, a companheira argumentou que a amava, que não se tratava de querer homem, mas de experimentar todas as possibilidades de prazer.

"Não, não e não!"

No sábado à noite, quando chegou do trabalho, havia jantar, velas e um recado: "Se banhe e venha pro quarto!"

Obedeceu.

Ao abrir a porta, Fernanda, deitada, sem calcinha, penetrava-se com uma prótese negra. Janaína ficou parada, vendo seu desprezo transformar-se num tesão incontrolável. Avançou sobre a mulher, uma onça faminta. A outra lhe entregou um cinto, encaixou a prótese, "feita sob medida". E Fernanda transbordou penetrando Janaína, que gemia enlouquecidamente. Apenas elas e o prazer.

A *sex shop*

A *sex shop* ficava em frente à faixa de pedestre que Nara atravessava diariamente. Por trás dos óculos escuros, perdida nos passos lentos, ela observava atentamente a vitrine. Morria de curiosidade sobre o interior do lugar, mas a vergonha nunca a deixava entrar.

Naquela tarde fria, ao sair do trabalho, a chuva forte engoliu a rua, a marquise da loja proibida ficou cheia. Nara foi recuando até a porta, com todos voltados para a chuva. Recuando. Recuando. Entrou. Comprou tudo o que pôde, tomada de medo e curiosidade — óleos, fantasias, vibradores, algemas, bolinhas, joguinhos.

Quando saiu, já era noite. Sacolas pretas nas mãos, sem indícios da origem das compras. Entrou em casa e olhou fixamente para o marido, que dormia no sofá. Foi para o quarto, soltou os cabelos crespos grisalhos, banhou-se e vestiu a fantasia de dominadora. Possuiu-se como nunca. Seus gemidos cruzavam-se com o ronco do marido, e conviviam harmoniosamente.

Paraíso

Olhos fugidios que sempre buscavam o imperceptível. Alika não conseguia manter o contato visual; às vezes se perdia ou se achava nas próprias nuvens, viajando com sua inteligência acima da média, com uma memória extraordinária que decorava os nomes de todas as cidades dos 54 países da África… E reconhecia minuciosamente cada parte do corpo do namorado e as reações que diferentes carinhos causavam.

E era em suas mãos que Pietro sentia o maior dos prazeres quando ela o navegava com a língua, em busca do sabor ideal. Após essa travessia, sentava-se sobre ele e iniciava um movimento contínuo a caminho do paraíso.

O dildo

A amiga lésbica lhe contou a delícia que era ser penetrada e chupada ao mesmo tempo. Ashia só pensava nisso. Como compartilhar esse desejo com o marido? Comprou um dildo pela internet. Quando chegou do trabalho, o objeto estava desembrulhado sobre a mesa. Nilo, de olhar marejado, indagou:

— O que é aquilo?

Não respondeu, banhou-se e ordenou:

— Me chupa e me penetra.

— Não consigo!

— Consegue, sim. Use o presente que comprei para nós dois.

E, com o pênis na mão, o marido invadiu e bebeu Ashia, que tremeu, gemeu, transbordou e desaguou em sua boca.

Penetrações

André gostava de ser penetrado pela companheira. Da primeira vez que Hanna lambeu sua bunda e depois percorreu-a com o dedo foi uma sensação enlouquecedora, uma mistura de vergonha, pudor e prazer que o fez gozar precoce e incontrolavelmente. Depois, compraram uns brinquedinhos que faziam parte da rotina sexual do casal. De quatro, ele penetrava Hanna, e depois trocavam os papéis. Gozavam, sorriam, dormiam com seus corpos pretos e gordos num encaixe perfeito.

No domingo, na mesa do bar, quando ele ouvia os colegas vomitarem que isso de dar a bunda é coisa de veado, lembrava-se de Hanna, das maravilhas gozadas pelos dois e ria por ser veado da mulher.

Loucura de amor

Combinaram que comemorariam os oito anos de casamento fazendo alguma loucura de amor. Saíram para dançar, os corpos suados se convidaram a noite toda, embriagados de uísque e tesão. Retornaram da festa tomados de paixão, o deserto da madrugada alimentando os desejos. Iniciaram as preliminares no jardim do condomínio, encostados no imenso baobá, os corpos se agigantavam em prazer... Andala segurou na mão do marido e o puxou para dentro do prédio. O porteiro, cochilando, não os viu entrar no elevador... Elevando os gemidos, quase se devorando...

Ela conteve a mão de Carlos ameaçando lhe tirar a calcinha e se colocou de joelhos, recebendo toda a ereção com a língua... O gemido do rapaz ecoava pelos corredores de cada andar e adormeceu no 13º, com um gozo que jorrou no rosto da mulher, lambuzando parte dos seus *dreads*. Seguiram para a porta da saída de emergência, e a sensação de proibido reerguia o membro recém-ejaculado. Andala de quatro e Beto se encaixou sobre ela; enquanto a penetrava, dedilhava seu clitóris. Muito facilmente os gozos de ambos se encontraram, deixando vestígios nos degraus. O barulho dos passos na escada não foi ouvido em meio aos gemidos. A vizinha do 1302 ficou parada contemplando Andala se contorcer enquanto era chupada. O rosto de prazer daquela vizinha com quem só trocara "Bom dia" a hipnotizou. Elas se olharam fixamente e gozaram juntas.

O marido nem viu a vizinha.

Foi o primeiro segredo das duas.

As sócias

Eram sócias de uma empresa de eventos. No meio da reunião com os fornecedores de bebidas, Dalila plantou pelo WhatsApp: "Estou sem calcinha, vestida só com o bronze." Hilda, numa luta para manter o foco no trabalho, enquanto os homens falavam das maravilhas de suas cervejas artesanais, só pensava em embriagar-se entre as pernas da sócia, subir seu vestido e beber vários goles de sua cerveja preta. A despeito das cadeiras ocupadas na sala de espera, as duas trancaram-se no escritório para resolver uma deliciosa demanda emergencial.

A professora

Em 28 anos de profissão, nunca tinha se envolvido com um aluno até conhecer Ruan. Primeiro período de Letras, saindo da puberdade, ensaiava os primeiros pelos na barba aos 18 anos, enquanto Janna lutava contra os calores da menopausa.

A bagagem de leitura do jovem, somada ao seu jeito responsável e humor inteligente, encantara a professora. A última aula da sexta-feira sempre se estendia com os dois perdidos nos papos sobre literatura africana... Noémia de Sousa... Chimamanda...

Naquele dia, Ruan ousou:

— É meu aniversário, não queria ir para casa, a senhora poderia tomar algo com esse pobre aluno solitário?

Esse convite inquietou a mestra, mas não podia recusar. Seguiram. Entre uma poesia e outra, drinques e risadas, Ruan e Janna beberam-se. No carro, um festival de saideiras.

Meias-palavras

Estavam na fila do banco. Numa troca de meias-palavras, ele perguntou se ela fazia faxina. Com veneno nos olhos, Chika respondeu: "Não. Eu faço pós-doutorado e sexo!" Esta última palavra foi pronunciada na força do ódio e com olhar convidativo sobre o corpo malhado à mostra na camisa regata. A conversa ganhou outros ares, política, economia, meio ambiente, e terminaram no motel.

Sem meias-palavras, ela amarrou Gilberto na cama e começou a mordê-lo; as marcas se sobressaltavam no branco da pele, e ele gostava. Tirou apenas a calcinha, subiu o vestido e sentou-se na boca do recém-conhecido. "Chupa, chupa, chupa..." Repetiu até as pernas tremerem e perderem as forças. Colocou a camisinha e se sentou sobre o pau, cavalgando intensamente... Gozou mais uma vez e, antes que o mero desconhecido gozasse, ela parou. Levantou-se. Vestiu a calcinha. Jogou sobre ele o valor do motel. E disse: "Sou filha de faxineira, mas minhas especialidades são estudar, transar e me vingar. Agora que se foda, seu racista!"

E seguiu sem olhar para trás.

O pincel

Ele tinha língua de pincel. E ela era a tela melânica. Assim, Otávio produzia obras de arte sobre o corpo de Siara, que emanava uma tinta incolor, com um brilho, um odor que aquarelava o artista. Concluída a pintura, exaustos, admiravam-se. O pintor sorria, sabia que aquela era sua melhor arte, mas nunca entraria em exposição.

O ritual

O barraco era dividido por um lençol velho. A cama, com restos de colchões, ainda testemunhava as faíscas sobreviventes dos 17 anos de casados. Esperavam as crianças dormirem no cômodo da frente e se amavam às sextas-feiras. Uma rotina de prazer desenhada ritualmente. Para Wanda, engolir os gemidos despertados pela língua de Amon era sempre um desafio que transformava aquela noite numa eterna primeira vez.

Compromisso

A química era perfeita, sempre que ficavam juntos, ela saia com a certeza de que ele era o homem certo, dedilhava o seu corpo com maestria, tirava do violão negro as mais belas notas, gemidos, sussurros afinados. Era daquele artista sem pressa, dedicava-se a buscar a afinação perfeita e só encerrava o concerto quando as cordas desaguavam em suas mãos. Mas Guto sempre repetia que não estava preparado para um relacionamento sério, queria curtir, ficar sem compromisso, sem dar as mãos, sem apresentar à família, amigos. Malália fingia não se importar, "Tudo bem, Preto!". Mas sofria, pois, no fundo, no fundo, queria tanto aquele filho de Xangô em sua vida plenamente.

Precisou ausentar-se, partiu para fazer um curso de três meses em Petrolina. Quando voltou, no final de semana, a saudade e o desejo a levaram ao bar de sempre. Lá foi apresentada: "Oi, Preta, essa é Bianca, minha namorada."

Há quase dois anos, eles estavam ficando "sem compromisso", e, em menos de três meses, comprometeu-se com a loira. Nesse momento, Malália entendeu o que sua amiga dizia: "os indecisos vão para a cama com as pretas, mas casam com as brancas." Guto estava ali, sem nenhum pudor exibindo o violão loiro, merecedor de ser apresentado e dedilhado publicamente.

Pedagogia do prazer

Aos 18 anos, Nefertiti foi obrigada a deixar o Rio de Janeiro. No primeiro dia de aula daquela escola confessional, com o olhar imponente de uma "filha dos raios", confessou: "Vim morar no Recife porque sou sapatão e minha mãe quis me castigar."

Encaminhada à coordenação, repetiu tranquilamente a afirmativa e acrescentou com olhar felino e faminto: "E só gosto de mulher mais velha." Essas palavras umedeceram a calcinha de dona Ayana.

Desse dia em diante, ao menos duas horas por semana, a coordenadora dedicava-se às medidas disciplinares que a nova aluna lhe impunha: a pedagogia do prazer.

O padre

Ele era "o único que prestava da família": o irmão, assassino; a irmã, traficante. Ter um filho padre era o grande orgulho de dona Zane. Durval sabia que a estrutura racista condenava sua família ao fracasso, e alimentar a felicidade da mãe era o único motivo que o obrigava a manter maquiados todos os desejos que ferviam sob a batina. E, com um medo doentio de cair na boca do povo, ele viajava mensalmente para a capital. Transformava-se: cílios, base, *blush*, batom, brinco, salto, vestido.

E caía de boca no povo!

A princesa

Conheceram-se pelo aplicativo de relacionamento. Ela tinha os seus receios, mas a solidão era maior que o medo. Guto era gentil, mandava "Bom dia" logo ao amanhecer, no final da noite perguntava como tinha sido o dia. Enviava remédios e bombons pelo iFood. Núbia não estava acostumada com tanto carinho e cuidados. Tinha medo de encontrá-lo pessoalmente e o conto de fadas acabar, afinal, nunca conhecera princesas trans. Seria ela a primeira?

Nove meses e ainda não tinham se encontrado. Ela no Recife. Ele na Bahia. As conversas foram se apimentando: sexo por telefone, a voz grave dela sussurrando "Mete, mete forte, meu preto" o deixava louco. Depois passaram para as videochamadas, e ela conseguia sentir aquele pênis duro em sua boca, sua bunda, fazendo-a gozar. Fechava os olhos e imaginava o gozo quente sobre suas costas.

Mas o cheiro, o sabor, o toque, a química ainda eram um mistério.

Começaram a fazer planos: casar, adotar filhos... Ela sonhava, tentava se jogar sem paraquedas, mas já tinham sido tantas as quedas, o medo sempre a assombrá-la. Tentou a seleção do doutorado na UFBA e passou. Agora seria um passo para a concretização.

Núbia foi de avião, e a mudança chegaria em três dias. O coração sobressaltado durante toda a viagem. O medo em cada compartimento da mala. Finalmente se encontrariam. Na porta do desembarque, ele a esperava com uma placa: "A mulher mais amada" — e um buquê de rosas. Beijaram-se com tanto amor que nem viram os olhares de reprovação da transfobia.

O cheiro, o gosto, o toque eram de um príncipe. Finalmente, ela era uma princesa.

Percussão

Quando encontrava Adolfo aos sábados, Mabel era toda percussão. Sentia os tambores descerem dos peitos ao ventre. E seu músico passava a noite a alimentar as mais safadas batidas. Não aguentavam chegar ao motel, desabavam em tremores no último banco do ônibus vazio. O motorista, cansado de reclamar, aprendeu a gozar, deliciando-se pelo retrovisor com um show só para ele.

Masturbação

Gina era feliz no casamento, realizada afetiva e sexualmente com o marido. E não abria mão de se masturbar. Todos os dias, quando chegava do trabalho, tinha um encontro consigo, banhava-se e aproveitava a cama só dela.

Mergulhava em si mesma, amava proporcionar prazer ao seu corpo negro, despertando ondas que se autoalimentavam e quiçá, mais tarde, matariam a sede do marido.

Pecado

"Por que era tão gostoso?" Esse pensamento sempre vinha depois de gozar sobre Mateus, o corpo ainda trêmulo, o pênis jorrando sobre as costas do namorado e Kauê pensando "Por que tem que ser tão gostoso?"

Não queria sentir-se entregue àquele homem algemado ao medo do inferno, do pecado. Logo ele que nem cristão era. Pedia perdão aos seus orixás por se apaixonar por um filho de pastor, criado também para ser pastor. Condenado a ser sempre "o amigo da faculdade do meu filho".

Na segunda vez que foi à casa do namorado, com a desculpa de concluir um trabalho acadêmico, ouviu ecoar da cozinha "Esse povo gay vai tudo pro inferno". O sangue ferveu, e com cara de eterno aluno, perguntou ao pastor: Seu Carlos, na bíblia, existe a hierarquia dos pecados? Ou todos os pecados são pecados e serão julgados?

Com expressão de estranhamento no rosto o sogro-desavisado disse que não, que não existia pecado mais pecado que outro, todos irão pro inferno. Era a resposta que Kauê precisava para dar cheque-mate:

"Então, se um gay vai pro inferno, todo mundo que pecar também irá, né verdade? Quem não honra pai e mãe, quem adultera, quem tem ídolos, quem dá falso testemunho... né isso? A voz de Kauê era tão suave e didática que não externava o sarcasmo que transbordava dentro de si. E seus olhos brilharam quando viu, a contragosto, o religioso fazer um gesto de positivo com a cabeça e iria complementar: "Mas..."

Na tentativa do "mas", o rapaz despediu-se, e seguiu para os estudos com o "amigo da faculdade". No estacionamento escuro do *campus*, Kauê beijou Mateus, abriu a calça e segurando no cabelo do amado, o conduziu para o membro do prazer.

Se iria para o inferno de todo jeito, preferiria queimar gozando.

O homofóbico

Ele era um hétero bem resolvido e homofóbico. Murilo defendia, com ódio nos olhos, que mulher nasceu para homem e homem para mulher. Era casado, no entanto começou a assediar a vizinha por sabê-la lésbica:

— Ah, mulata, se você me conhecesse, mulher não teria vez!

Na sexta-feira, enquanto ele recebia a intimação da Delegacia da Mulher, Keli e a namorada gozavam na cara da lesbofobia e do racismo. Era um gozo que não escorria apenas pelas pernas, mas sobretudo pela alma, a alma lavada de quem não se cala para o opressor.

Cinzas

Os últimos acordes do frevo já estavam sendo amordaçados quando Assis e Iorubá se conheceram. Mercado da Boa Vista lotado, os olhares se cruzaram. Muito mais que isso, em plena multidão, os olhares lamberam-se, chuparam-se e possuíram-se com uma memória inexplicável. E, na Quarta-Feira de Cinzas, eles passaram a noite em brasa.

O chuveiro

Olisa chegou mais cedo do trabalho, a casa estava sem energia e o calor a convidava para o chuveiro. Soltou os cabelos, colocou o patuá de couro sobre a mesa e despiu-se. A água gelada sobre seus seios deixou os mamilos enrijecidos. Ela começou a ensaboar o corpo vagarosamente, e essa sensação foi despertando um prazer que havia meses não sentia. Trocou o sabonete pelo óleo e passou a acariciar os seios com as duas mãos, a barriga, a bunda, as pernas... Quando subiu, entre as coxas a umidade quente já escorria... Tocou-se com sede de si.

 Queria poder beber-se.

O aniversário

Dandara completou 70 anos na quarentena, sozinha em casa; isolava-se para viver. Nunca tinha duelado contra uma pandemia, mas sabia que ela seria um alvo fácil. Precisava sair da mira do vírus, precisava sair da mira dos vermes que insistiam em desmerecer a necessidade do isolamento. Não queria morrer. Trancou-se em casa e saía apenas para recolher frutas, folhas, raízes e legumes que respiravam em seu quintal.

Sempre fora independente, adorava ler, escrever, reverenciar seus orixás, assistir a filmes e gozar. Ficara viúva aos 58, quando intensificou a quantidade e a qualidade dos seus orgasmos. Beneficiada pela melanina, na época ainda trazia os traços dos 40. Descartou muitos pretendentes, não queria um novo marido para cuidar. Queria homens para lhe venderem prazer, e ela comprava. Destinava um terço de sua renda aos profissionais do sexo. Um grupo de amigas lhe forneceu contatos deliciosos, e Dandara fazia bom uso.

Quando completou 60 anos, deu-se de presente uma noite com uma mulher, a primeira de muitas. Os planos dos 70 foram adiados pelo caos da covid-19; contentou-se a ouvir Mart'nália, tomar um vinho e protagonizar sozinha o próprio prazer.

Princesas

Júlia sempre fora a princesinha da família. Criada para ser médica, esposa e mãe. Formou-se em medicina. Recheava suas noites com longos plantões para pagar o apartamento financiado. Foi nessas noites cansativas que ela conheceu Kayla, a nova enfermeira-chefe. Uma verdadeira princesa negra com sua guia vermelha e branca sempre à mostra no jaleco. Uma princesa salva por outra princesa... E, no quarto de repouso, elas gozavam e eram felizes para sempre!

As frutas

Marília sempre adorou frutas. Seu quintal era um verdadeiro pomar. Numa noite solitária de quarentena, flertando com a curiosidade e o desejo, decidiu levar o cesto para a cama. Experimentou. Penetrou-se com bananas, lambuzou-se nas uvas, chupou as mangas. Uma verdadeira salada de prazeres que findou com o leite condensado a jorrar sobre o escuro de suas pernas trêmulas.

A sociedade

"Oi, meu amor, acabei de tomar banho e queria você aqui me lambendo toda, me bebendo inteira... a saudade é tão grande, não vejo a hora de dormirmos trêmulas e exaustas de prazer!" – dona Sílvia desabou em prantos quando leu essa mensagem no celular da filha. Não estava acreditando: sua filha namorando uma mulher.

Sempre repetia que não era preconceituosa, "meu melhor amigo no trabalho é gay", ostentava como um troféu. Mas ao ler essa mensagem, sentiu-se trêmula de tristeza, de raiva... não estava preparada para isso.

Chegou na empresa de olhos inchados e vermelhos. Jonas segurou em sua mão e levou-a para a sala de reunião, ofereceu lenços, ombro e perguntou o que tinha acontecido:

— Mexi no celular de minha filha e vi que ela está namorando e transando com uma mulher.

— E o que você fez? — perguntou o amigo

— Disse que não permitiria. Ela só tem 18 anos. A sociedade é muito preconceituosa. Ela vai sofrer demais, amigo.

Jonas sabia que a situação era delicada e precisaria das palavras certas:

— Amiga, a sua filha já sofreu com gordofobia, com racismo. Lembra quando você foi à escola porque ela estava sendo chamada de "quatro olho"? Você sempre esteve do lado dela. Combatendo. Fortalecendo. E agora vai deixá-la encarar a lesbofobia sozinha? Irá abandonar sua filha e se unir a essa sociedade que exclui?

— Mas eu vejo o quanto você sofre, Jonas, com o preconceito.

— Mas a culpa não é minha, é dos homofóbicos. Eu e sua filha temos o direito de sermos felizes, de amar, de gozar, de casar. Sofri muito com a homofobia, mas meu maior sofrimento foi ser colocado para fora de casa aos dezesseis anos. A sociedade não terá tanta força se a família acolher, amar, proteger. Ame sua filha!

As palavras de Jonas desceram fortes como cachoeira a varrer os preconceitos e jorrar em amor. Silvia pegou a bolsa e voltou para casa. A filha já estava arrumando as roupas na mochila. Abraçaram-se. Choraram. E à noite, a mãe preparava o seu melhor jantar para receber a nora.

E a mensagem lida no celular ganhou vida sobre os lençóis do quarto de Brenda.

O pacto

Dois anos de amizade brotavam com aroma de uma vida inteira. Pareciam irmãs, no bronzeado natural que traziam, no volume dos cabelos e da voz quando defendiam uma à outra. Melhores amigas. Já estava decidido: perderiam a virgindade juntas. Dezoito anos.

Sem sonhos de matrimônio, selecionaram os dois garotos mais bonitos da escola e seguiram para o motel. Lá, todos nus, a atração foi mútua — de Iara por Amanda. A amizade foi batizada com uma linda noite de amor. Os rapazes até tentaram encostar, mas, diante da boca de Iara a sugar a vagina da amiga como se tivesse nascido para isso, eles vestiram as roupas e saíram. Deixaram escrito no espelho o protesto: "Sapatão!"

Fogueira da paixão

Dara nunca tinha ido a Caruaru. Comprou um passaporte na excursão e seguiu só. No Alto do Moura encontrou Felipe, seu primeiro namorado. Uma fogueira, que ela julgava apagada, deu sinal de fogo. Tanta chama que, naquela noite chuvosa, parecia que o Rei de Oyó, comemorando seu aniversário, jogava raios de fogo para incendiar o casal. O calor dos corpos negros, suados, no arrasta-pé; os quadris, as coxas, o molhado da calcinha, a ereção... Tudo era labareda. Os balões incendiavam dentro deles, alimentando as memórias resgatadas dos lumes da fogueira da paixão.

Eles... sim

As manifestações na avenida Henrique Dias engarrafaram o trânsito. Bandeiras vermelhas erguidas pela rua deixaram Ravi levemente excitado. Carros parados. A mão inquieta buscou movimentos prazerosos. Começou a acariciar as pernas do namorado, a mão foi subindo, subindo, causando um susto no rapaz. Sem previsão de fluxo, este se fez dentro do carro. O fumê embaçado era ofuscado pelos gritos de "Ele não". Enquanto isso, ele, sentado, segurava o cabelo crespo do amado e dizia "Sim, sim, isso, assim!". E a revolução vermelha explodia em prazer. Eles sim!

Aleijão

Nena jogava aos quatro cantos que Deus lhe tirara o movimento das pernas, mas lhe dera asas. E ela voava intensamente nas camas proibidas. Adorava ser amante. Avessa à cadeira de rodas, pisava com as palmas das mãos e elevava o corpo sobre os corpos.

Trabalhava, dirigia e transava, seus três maiores prazeres.

Administrava duas amantes com muita transparência e desejo. Gostava da aventura de ir às casas delas quando os homens se ausentavam. Certa vez, o marido da Amante Número 1 pegou a esposa sendo chupada no sofá. Com olhos espantados, gritou desconsolado: "Uma aleijada? Você me trai com uma aleijada? Uma aleijada!"

Nena vestiu a roupa, amarrou a carapinha, mirando o choque estampado no rosto vermelho do traído, e saiu. A resposta entalada foi cuspida com pilot preto no muro do casal: "Aleijão é seu casamento fracassado. Aprenda a fazer sua mulher gozar, seu bosta!"

Ressurreição

Era Sexta-Feira da Paixão, e elas morriam de desejo. A casa cheia de familiares intimidava o olhar de Adanna, mas não abalava o tesão de Anele. O vinho alimentava a ousadia de ambas e, com as crianças a cantar afoxés no quintal e os adultos a fingir não ouvir, as namoradas gemiam alto no quarto. Faleciam de orgasmos e ressuscitavam no terceiro beijo.

Cura gay

Quando soube da notícia, desabou em prantos. Há um mês tinha a reencontrado no shopping, recordou o encontro como se quisesse voltar em busca da salvação.

Era final de tarde. A viu de longe e apesar do cabelo *black* alisado e do estilo de roupa diferente, o andar continuava o mesmo. O brilho no olhar ainda era tão forte que Kiana colocou os óculos escuros. O cumprimento de dois beijinhos perdeu a formalidade em meio aos tremores dos corpos que se sobrepuseram à aparente naturalidade.

— Como você está?

— Estou bem, os ciclos de orações têm me ajudado muito, o pastor não desiste de mim e eu irei vencer — respondeu Anita.

Aquelas palavras moeram a alma de Kiana, sentia-se destroçada, foram três anos e sete meses de muito amor, desejo e cumplicidade. Enquanto olhava a ex-namorada narrar suas experiências na igreja, por baixo dos óculos, observava seus lábios grossos e a saudade dos beijos bateu à porta. Reparou o vestido abaixo do joelho e sua imaginação conseguiu despi-la ali mesmo, no shopping, sentá-la no banco, levar-lhe as pernas, sem tirar a calcinha, só afastando-o para o lado, chupá-la com a fome de quase um ano, prender os ouvidos entre suas pernas para não ouvir tanta insanidade... e alimentar-se do seu gozo.

Mas ela estava ali, tentando convencê-la de sua cura gay. Kiana sabia que não eram doentes, apenas se amavam.

Mas veio a pandemia...

O pandemônio...

A família...

E lá se foi o amor da sua vida...

Ao ler "É com muito pesar que comunicamos o falecimento de nossa irmã Anita Bueno"... perdeu o chão e ainda pôde sentir o cheiro do sangue no pulso a jorrar sobre a lâmina da igreja.

Noite feliz

Yeda não gostava de festas de família, mas não conseguia escapar do Natal. Meia hora para a ceia, o irmão mais velho entrou com uma amiga. Sema, 20 anos mais velha, com uma sobriedade sedutora, vestindo uma camisa com a imagem de Angela Davis. O irmão mais chato tinha se saído um ótimo Papai Noel. E, com a desculpa de mostrar a coleção de livros da escritora no seu quarto, Yeda bebeu o champanhe sobre Sema, que gemia entre os dedos e a língua da jovem desconhecida.

Na noite de Natal, enquanto oravam na sala, no quarto nascia o amor!

Mordidas

Aída gostava de ser mordida. Larissa evitava morder. Não por falta de vontade, mas por medo de machucar sua companheira. Ao amanhecer, quando as marcas brotavam sobre o marrom das coxas da amada, Larissa demorava a perdoar-se. Mas logo vinham as recaídas... Entre pedidos e mordidas, sucumbia ao desejo entre os dentes.

Pernas poéticas

"Aproveita que é noite de lua, rima minhas pernas às tuas, vamos fazer poesia", Patrícia sentiu as pernas clamando pelas rimas daquela poeta que recitava com um convite no olhar. Não poderia ficar até o fim do sarau. Comprou uma rosa do florista e entregou-a com o número do celular e uma cerveja para a mensageira dos versos. Algumas noites de espera e o telefone toca, convite sussurrado e o encontro.

Já não era mais noite de lua, mas as pernas rimaram com perfeição e, entre palavras molhadas e línguas sedentas, por trás das nuvens, nasceu a poesia.

À espera da tempestade

Moisés sempre gostou de empinar pipa, jogar pião, tocar alfaia, e não perdia um jogo do Sport. Tornou-se um jovem inteligente, forte, bonito, com barba desde os 16 anos, mas não correspondia às investidas das meninas. A mãe elogiava o foco nos estudos. O pai estranhava a ausência das paqueras.

Aos 18 anos, foi fazer faculdade na capital. Amava conversar por horas com Tainá, mas só conseguia transar com Flávio. Trovejava quando pensava no cheiro, na boca, na língua, na bunda, no pênis do namorado. Chovia quando se lembrava dos pais. E, enquanto a tempestade não vinha, gozava e era feliz.

Sabão

Quando crianças, perdiam-se descalças pelos becos da favela. Adolescentes, recusavam as cantadas dos rapazes. "Saboeiras!" Foi na escola que aquela amizade sangrou pelo punhal da lesbofobia: "Saboeiras!"

Amavam-se, mas eram apenas amigas nos sonhos dos 12 anos. O veneno que jorrou das línguas preconceituosas chegou aos ouvidos dos pais de Marta, que a mudou de escola e de cidade.

Aos 19 anos, reencontraram-se na universidade. E o amor brotou entre os cachos e as tranças da infância que permaneciam intactos dentro do peito. Beijos, carinhos, sussurros, gemidos. Ao final, com os corpos exaustos, riam, lembrando o quão ricas seriam se todo esse amor produzisse sabão... Sabão líquido.

Olhos do prazer

Quando Ohana se aproximava do portão, Vera sentia seu cheiro. Enxergava o corpo negro e gordo da amada com a alma e as mãos. Adorava tocar suas pernas grossas, a bunda grande, as dobrinhas desenhadas na cintura. Era um ritual que molhava as calcinhas de ambas. Desenhava o prazer com as digitais sobre os pelos arrepiados da namorada.

Depois o paladar se sobrepunha à visão; de joelhos, beijava-lhe os pés, chupando o dedo polegar com inspirações fálicas. Lambia cada parte das coxas vagarosamente até mergulhar no rio que desaguava em sua língua.

Ser uma mulher cega nunca impediu Vera de ver Ohana. A escuridão que dormia sob suas pálpebras era iluminada pela beleza, pelo gosto e pelo cheiro do seu amor. Enxergava com os olhos do prazer.

A escola

"É brincadeira! Não ligue que eles param." Era isso o que Cauã ouvia quando buscava a coordenação escolar para reclamar da homofobia e do racismo sofridos.

Com a professora, chegou a ser pior: "Também... Você não se controla. Fica com essa veadagem o tempo todo!" Ele não ficava com veadagem, era naturalmente ele, com seus gestos, sua voz, seu andar, sua cor. Não tinha como mudar.

Sofria calado porque, se fizesse queixas em casa, ouviria repreensões piores dos pais.

Resistiu. Aprovado no terceiro ano do Ensino Médio. Na festa de conclusão, também comemorando seus 18 anos, tomou um porre. Estava feliz: finalmente se livrara daquele espaço opressor e de seu diário de tristezas. No fim da festa, no banheiro, encontrou Theo, olhares trocados desde o segundo ano. Trancaram-se na cabine. Cauã, mordendo a camisa, sentia pela primeira vez o prazer penetrando seu corpo no inferno da escola.

A ducha

Desde que o marido morrera, não transava. Era de bem com a vida, adorava festas, piqueniques e viagens. A educação religiosa a proibia de pensar em se masturbar. Num chá de casa nova da melhor amiga, precisou usar a ducha higiênica. Sentada no vaso sanitário, o jato forte da ducha atingiu o clitóris de Amália, e a sensação de prazer a assustou. No primeiro ímpeto desligou o chuveirinho, colocando as duas mãos no rosto para se esconder de si mesma.

Voltou a ligar e agora deixou o forte jato fazer o trabalho dele. A pressão sobre o clitóris rapidamente a levou ao orgasmo. Dois minutos com o corpo tomado de prazer. Descobriu naquele dia que chegara aos 62 anos sem nunca ter gozado de fato.

As batidas na porta do banheiro a fizeram saltar do vaso. Sem saber como tirar o gozo estampado no rosto, lavou, enxugou e saiu pedindo desculpas pela demora. Sentia-se como se estivesse saído de uma montanha-russa, as pernas ainda trêmulas, o corpo mole, a cabeça dando leves giros.

Amália nunca tivera duchas. No dia seguinte, o encanador estava instalando o parquinho de diversões em seu banheiro.

O packer

O primeiro salário de Caíque tinha 18 centímetros de comprimento. Passeou por cinco *sex shops* da cidade para encontrar um da sua cor, preto. Comprou. Chegou em casa, vestiu-o e ficou admirando-o por longas horas. Finalmente tinha um pênis. Imaginava Virgínia sentada sobre ele, subindo e descendo entre gemidos, enquanto dedilharia seu clitóris. E, perdido em pensamentos, começou a tremer e sentir o orgasmo manchar o seu mais novo órgão do prazer.

O homem da relação

"Quem é o homem da relação?" Tomando a segunda saideira, os casais conversavam sobre os preconceitos presentes nessa frase. Paula, pelo perfil que a sociedade costurou masculino, era lida sempre como "o macho". Não importava se, entre os lençóis, fosse Odete quem se deitasse sobre ela, chupasse seus seios negros com uma língua poderosa que passeava pela barriga e atuava divinamente sob seu ventre. "O homem era ela", e adorava gozar sendo penetrada por sua namorada de batom vermelho e espartilho.

Ana e Kalifa, femininas, compartilhavam, aos risos, a estratégia das duas: combinaram de não se estressar mais com essa pergunta; pelo contrário, a responderiam com tanto prazer que fariam o preconceito despedir-se de coxas molhadas. E assim o faziam, explicavam que não havia homem na relação, que na cama, no sofá, na mesa, no banheiro, ambas se amavam, se chupavam, se comiam, lambiam cada pedacinho do corpo amado e gozavam juntas. Descreviam com tanta paixão e só paravam, quando viam a cara do preconceito vermelha e úmida, quase no ponto, curtindo a dor de um gozo interrompido...

Mènage à trois

Erasto confessou, na frente das duas, que o seu maior desejo era fazer sexo a três. Kamilah, tentando disfaçar a vergonha diante da prima, disse que ela não desse ouvidos, pois o namorado era muito brincalhão.

Dali a duas semanas seria o aniversário dele e, como uma boa namorada, preparou tudo para realizar o sonho do rapaz: seis garrafas de vinho, um jantar para três reservado no motel mais caro da cidade, hidromassagem, sauna e o teto emoldurando as estrelas.

Erasto foi o último a chegar e ficou perplexo quando viu Kamilah banhada em sorrisos, sentada na cama com Marcos a acariciar-lhe os lindos cabelos crespos:

— Que diabo é isso?

— Meu amor, você disse que seu maior desejo é um *ménage à trois*. Estamos aqui para realizar!

— Você está doida? Com um macho? Meu primo!

— Por que não? O seu primo, sim. Minha prima estava ocupada! E vamos beber e nos divertir! Pois o aniversário é seu, mas a festa é nossa!

Conhecendo bem a filha de Oyá que tanto amava, o aniversariante sabia que, se fosse embora, iria sozinho.

Então, bebeu uma garrafa de vinho num único gole, sentindo o veneno escorrer-lhe sobre o peito.

Seguiu para cama, e jantaram-se famintos... Os três.

Aulas de literatura

Maicon nunca se sentira menina: odiava os vestidos e bonecas comprados pela avó. Não gostava da escola e seu mar de violências: "Chupa-charque, sapatão, quebra-louça!" Não, ele não era aquilo, ele era hétero, a questão é que não era ELA, era ELE, era um menino que nasceu com boceta.

No Ensino Médio, máquina 1 nos cabelos, desfez-se do guarda-roupa e pediu aos professores que o chamassem de Maicon, solicitação atendida apenas pela professora de Literatura.

Passou a assistir apenas a essas quatro aulas por semana. Apaixonou-se pelos poemas de Cristiane Sobral, pelos contos de Miriam Alves e pela professora. Dona Oriana era linda, com várias tatuagens, roupas alternativas, voz encantadora, mas não dava bola para o olhar derretido de Maicon. Entretanto, isso não era problema: tomado de paixão, começou a escrever, e não tinha uma aula de Literatura da qual o jovem não saísse recitado de desejos e com versos molhados escondidos na cueca.

O calmante

Luena estava irritada, chateada com o mundo, triste com o reflexo no espelho, sem paciência para as brincadeiras tão descontraídas de Ivete, as mesmas brincadeiras que a fizeram olhar pela primeira vez para a esposa no pagode do Didi, havia cinco anos... e se apaixonar perdidamente.

Estava desgastada, decidida que acabaria a relação quando a companheira chegasse do trabalho. E, assim que a porta abriu, foi metralhando palavras como quem precisa de um alvo, mas não deseja matar: "Ivete, a gente tem que conversar. Do jeito que está não dá pra continuar. Eu sei que você não tem mais desejo por mim. Vou juntar minhas coisas e..." Essa frase foi interrompida com um longo e intenso beijo, que amordaçou qualquer insegurança.

Sem perceber, Luena estava rendida, de quatro no sofá com Ivete a lamber suas costas, sua bunda e chupar-lhe pelo avesso, até sentir o gozo quente em sua língua... corpo... alma.

Saudade

Naquela noite, o desejo choveu sobre Tayla. Transou com as lembranças dos seis primeiros meses de namoro: Ananda navegando sobre ela dentro do carro, os vidros esfumaçados, o medo da polícia, a pele escura, o gozo, os tremores, a entrega.

E, no sofá, apenas as manchas da saudade a escorrer pelo rosto e explodir entre as pernas.

Rio de proibições

"Tomar no cu" sempre foi um xingamento. Algo feio, doloroso, impensável para mulher direita. E, em meio a um rio de proibições, Nadira descobriu o prazer: a princípio, foi a deliciosa surpresa da namorada a lamber sua bunda. Depois, entregue ao tesão potencializado, sentiu os dedos da amada passeando junto aos lábios.

E o imaginário social se perdeu entre gemidos e súplicas: "Vem, Pretinha, mete! Come meu cuzinho!"

Com os corpos exaustos, de conchinha no sofá, Ivete sussurrou: "Gostou do calmante? Não vou deixar a TPM estragar nem mais um dia do nosso amor!"

A gargalhada ecoou molhada em meio ao cheiro de sexo...

Solidão

Sempre que postava alguma foto no Instagram, choviam comentários: "Diva", "Deusa", "Rainha", "Maravilhosa", mas, do lado de cá da tela, era ela, sua pele preta, sua disforia sobre o corpo em transição. Eram Stela e sua solidão. Não sabia paquerar. Sempre fora tímida. Chegara aos 36 anos superando todas as estatísticas. Num país que mata mulheres trans antes dos 35 anos, ela estava viva. No país que mais estupra corpos trans, ela era virgem e à espera de um amor. Enquanto não encontrava, seguia se amando, se tocando, passando gelo em seus mamilos, em seu umbigo, gozando na cara da solidão...

POSFÁCIO
Encruzilhar o futuro

O que acontece quando rasuramos a narrativa que nos foi sentenciada? Qual a reação do "dono do jogo" ao perceber nossas cartas na manga? Como ressoará nos ouvidos da branquitude puritana, a literatura negra erótica? O que será da retina ultraconservadora quando acessar histórias aparentemente soterradas em nome do sigilo?

Como experimento criativo e dispensando qualquer flerte com a cafonice romântica, o *Pretos prazeres* surge em nova versão aguçado por outros "ais", reafirmando o compromisso de estilhaçar o silêncio canônico ao profanar com riscos, rasuras, rasgos e métricas, normas tidas como inegociáveis.

Nesta coletânea de contos escritos no arrepio de uma pele banhada de suor, saliva e tinta fresca, encontramos uma língua sedenta por novos movimentos e posições, propagando a vivacidade de desejos aparentemente encobertos pelo falso moralismo.

Prazeres: pluralidade que causa *frissons* na suposta universalização do "nós", compondo um emaranhado de fios aparentemente soltos, tecidos junto a tramas que subvertem normas, tempos e territórios. Entre páginas e pernas, corpos dissidentes tecem fios onde o singular também se faz plural, afinal a trajetória de cada personagem é atravessada por conjugação de vontades e tent(a)ções que remexem, bagunçam e reinventam maneiras de existir.

Protagonismo Negro. Janaína. Transnegro. Sapatão. Paixão. Professoras. Saudades. Pedagogias. Kieza. Carnaval. Princesa Trans. Literatura Africana. Hilda. Duas Mães. Preta. O repertório de termos, expressões, referências e recortes representam um pouco da composição do mundo que habitamos, indicando aquilo que nos parece ser tão caro ao mesmo tempo que expõe nossa capacidade de se (re)posicionar diante da vida, inaugurando uma nova gramática política.

Se na tradição judaico-cristã, a expressão "ai" representa lamento, dor e condenação, a literatura produzida por Odailta Alves nos convida, através de narrativas ofegantes e de fluidos estéticos, a ressignificar o termo percorrendo estradas que se entrecruzam: incorporar memórias, corporalizar presenças, desbravar novos caminhos, curar feridas abertas, saciar a fome coletiva de contar histórias a partir de outras lentes.

Na encruzilhada, rasgamos o véu da caretice com unhas, dentes e músculos, decretando a ruína deste projeto de mundo que nunca foi por nós desejado. Assim, ao som de gargalhadas e vozes ancestr(ais), encontramos nos pretos prazeres a possibilidade de encantamento, elemento vital para quem busca construir novos territórios, reposicionando desejos e afetos do povo preto das margens para o centro do jogo.

Por Dayanna Louise

FONTES Freight Text Pro e Alverata Irregular
PAPEL pólen bold 90g/m²
IMPRESSÃO Gráfica Assahí, setembro de 2024
1ª edição